羽羽

正木ゆう子句集

春秋社

羽羽

装幀　笠原正孝

目次

虹を呼ぶ

吹く風の緩めば昇るはなびらよ

はなびらと吹き寄せられて雀の子

藤の花よりもはるかに桐の花

刻々と時は我なり春の風

遠山火深く思へば叶ふこと

麦ぐるま二日月なら積んでゆく

茅花笛道の細りをいぶかしみ

口蹄疫

牛と死の犇めく土中走り梅雨

夏炉かな火があればみな火を見つめ

紫陽花と静かに糸を待つ針と

ひんやりと家霊もわれも跣足にて

第四句集『夏至』上梓

夏至夕べその明るさに深入りす

虹を呼ぶ念力ぐらゐ身につけし

星空のやうな水母を夢に飼ふ

青葉木菟ほほうと違ふ方を向く

青葉木菟眼底月の逆さ影

雛鳥の足踏み替ふるさへ大事

巣守子の胸吹かるるも武蔵かな

雀色どき雀鷹《つみ》の毟れる羽毛降る

サラダさっと空気を混ぜて朝曇

雨あがり芋の蔓さへ美しく

雷神のうち捨ててゆく荒野かな

白竜も黒竜も草みな涼し

睡魔来て通り抜けたる夏座敷

母あればば父あるごとく青簾

萎るるに身を尽くしたる月見草

鎌首を立ててゴーヤの蔓のぼる

密やかに雲より出でず稲光

長命のかなしみもあり実紫

秋風の仮漆《ニス》の匂ひを花かとも

人、二句

澁谷道紅花半夏ひとつ花

ふゆのにじ冬野虹てふ儚き名

青鷺

飛ぶ鳥の糞《まり》にも水輪春の湖

せつせつと寄りて弾かれ鳥の恋

水鳥の寝そびれ鳴きの春浅し

青鷺は濁れる声に恋のとき

春満月梢の床《とこ》をともにして
巣づくりのその身にかなふ枝衡へ

巣づくりの青鷺なれば枝高し

幹でなく茎でなく青芭蕉林

西表

赤しょうびんのころころと鳴く島恋し

うりずんや島の形に島の雲

板根も気根も鬱と大南風《みなみ》

岩朧海朧また風朧

月だけが知る山猫の子育ては
寄居虫の小粒よ耳に飼へさうに

語り出す流木もあれ春の月

大潮の海なまぬるき水雲採り

夜光虫の浜にも出でずよく眠る

山容の峻拒にひるむ夏野かな

礼文

山裾を海に浸して明易し

白山一花われらも小さく小さくなり

一花のみ揺るるは蜂のとまりたる

花一輪日一輪銀河系一輪

兎年

電線を島から島へ冬はじめ

寒風沢《さぶさわ》

寒き名を島につけたる怒濤かな

夕されば牡蠣殻山を洗ふ雨

降る雪のときをりは時遡り

雪片の速ければ影離れたり

雪空を四つ折りにして隅にやる

天地創造葛湯の匙を引き上げて

焼芋を割れば奇岩の絶景あり

荒びゆく凩の痛ましきまで

山の根を動《ゆる》がすまでに北颪

弾《ひ》けさうな星空となり年新た

恃むにはやさしきうさぎ年迎ふ

半島列島諸島遍く初日さす

不可思議の出来事もあれ初日記

初夢に山気まとへるもの来たり

岩陰の亜硫酸ガス去年今年

みつしりと藪ぎつしりと霜柱

誰何《すいか》されさうに徒長の冬の薔薇

日向ぼこ瞑《めつむ》ればより明るくて

潺々とまたクレソンの頃となり

立春の輪ゴムを栞がはりとす

母の濁りは乳の濁りの雪解川

母にまだ早蕨を摘むこと残る

雛の日の手鞠麩を吹く向う岸

真炎天

無味無臭透明にして夏の風

雀隠れの雀よそこは気をつけて

鼻綱なき自由もあはれ爆心地

さすらひて峰雲へゆく牛の群

劫初より太陽に影なかりけり

真炎天原子炉に火も苦しむか

柩形に水澄むことの怖ろしく

火疲れて罔象《みづは》のこゑにならず眠る

罔象は水の女神

炎熱の噴きこぼれたる空かとも
断崖に身を反りてわが列島は

予震予震本震余震余震予震

被災した子供たち
人類の先頭に立つ眸なり

映画「１００、０００年後の安全」

十万年のちを思へばただ月光

蒼々と氷河期がくる星月夜

南相馬二〇一一年一二月

寒雁のいきなり近く真上なり

山黒く雁《かりがね》黒くなほ飛べり

雁のこゑ足もとはもう真つ暗に

掘炬燵あるはずもなき仮設なり

大年の薄明視《はくめいし》にて見ゆるもの

ただ祈るほかなく送る年なりけり

新暦野馬追の日に先づ印

南相馬二〇一二年四月

竜がゐる梟もゐる君の中

校庭を剃《はつ》るや花にまだ早く
プレハブの教室なれど春陽満つ

羽羽

春の雷外輪山を踏みわたり

巣つばめの押し合ふ頃のひと日雨

春日の藪払はれて謎もなし

はるかなる霞の阿蘇を枕上

牡丹の衰残の蘂露はなり

けふ母を死なさむ春日上りけり

尋常の死も命がけ春疾風

死にゆくに息を合はする春の星

今生の息を噛みしめたる暮春

もうどこも痛まぬ躰花に置く

母包む花も氷も見知らぬ香

終の息見届けたれば蒲公英濃し

此処すでに母の前世か紫雲英畑

ひとまづは昴へ向かふ魂か

たましひの寝そべるによき麦の秋

たらちねのははそはのはは母は羽羽

大河

着陸す茅花流しを逆撫でに

うしろ川とは何の後ろか岸青み

集めたる支流をさはに夏の川

四万十の亀と生まれてのどかさよ

大河とは波たたずして鮴《ごり》の漁

鮴の佃煮鮴のこちらは卵とぢ

もつと食べたしチャンバラ貝と聞くからに

辣韮の風の吹きくる辣韮掘り

闘鶏の羽抜の鳥屋《とや》の青嵐

やはらかき蛇の卵を戻し置く

一舟は筌《うけ》を沈めに椎の花

先頭は菜殻を掲げ螢狩

螢火の点りて軽き菜殻かな

まつすぐに来る螢火に道ゆづる

質量

夏に入る草葉の陰の線量も

牛たちのそののち知らず再び夏

出アフリカ後たつた六万年目の夏

愛しさは振り向く牛の口に草

天体のよく並ぶこの六月は

金星日面通過

金星の漕ぎわたりたる湖も金

泪して仰げば夏の星に蘂

紫陽花を軒に吊るなど果無事《はかなごと》

覚えなき露草が咲き百か日

羅の身八つの奥の母なりし

かへりこぬ匂ひのひとつ日向水

いちにちの熱こもりゐる瓜の種

木賊折れ木賊散らばり父母の夢

新涼の質量をもて虚空あり

草の花

相馬手ノ沢湖

首太き大白鳥と朝日浴ぶ

凭りたきは大白鳥の首根っ子

白鳥の羽《は》霧《ぎ》る逆光けふ発つか

幣連ねたる白鳥の二羽三羽

真下より見る白鳥の大つばさ

陽炎やまづ電柱の立ち並び

寒風沢

ビニールシートこれをしも青といふか春

牡蠣のころ来たね道のみ残りゐる

白魚に箸を被災の島なれど

須賀川

稚児百合に水輪のおよぶ泉かな

水湧いて影湧きにけりみちのをく

深ければ黒々と湧く泉なり

唇つけるべき処なく清水湧く

魘《うな》さるるまで緋の躑躅丹の躑躅

二〇一三年一〇月

原発まで十キロ草の花無尽

セシウムのきらめく水を汲みたると

汚染のち除染ののちの冬の谷

落椿いくたび土へ還りなば

小高で見し馬を思へば

春風に相馬の馬として佇立

駆くるべき野をまならうらに春の馬

野に飼へば鬣も青野の湿り
馬に春風その鬣を編みたしよ

冤霊

みちのくの脊梁ごつと朴の花

白き闇といふべきやませ迫りくる

達谷窟

阿弖流為《アテルイ》の息こもりたる皐月闇

中尊寺

牙に研ぎ流星に研ぎ言葉あり

冤霊てふ言葉知りたる冬の寺

冤霊に列す原発関連死

夜半の雨止みて啾啾虫の声

ぬばたまの夜の国会落葉急く

二百キロ離れもの言ふ寒さかな

忘れてならぬことを忘れず年歩む

千年余撞き減りたるを除夜の鐘

金色を雪に包める仄明かり

聖なるも邪もおそろしく破魔矢受く

核融合反応をもて初旭

能村登四郎に「老残のこと伝はらず業平忌」あれば

絶滅のこと伝はらず人類忌

木の実

月の出や前脚そろへ狐の子

本を読む手首に脈の見えて秋

忘るるゆめ忘れざるゆめ鉦叩

アンデスのピンク零余子に振る塩は

香に出でて松茸飯の厨かな

ぢりぢりと石の隙より新蕎麦粉

くさぐさの茸のぬめりしめりかな

あふちの実ならむおそらくあふちの実

冬泉湧き且つ流れ且つ奏で

冬眠の小さき寝息をこそ思へ

はだれ雪鹿のかたちに鹿の骨

うすらひのふれあふおととわかるまで

雪嶺をそびらに重ね春の山

春の山ちひさき糞が岩の上

春蟬のころ春楡と水楢と
一木の鳴り出づるかに春の蟬

春蟬の飛び移るさへ色あはし

春蟬の森を一個の脳《なづき》とも

ふるさと

違ひ棚とほき霞を引き寄せて

肩甲骨体操つばさ無き春は

口笛は兄ハミングは姉桐の花

兄の忌のさくらの中の槇の丈

健磐龍命《たけいはたつのみこと》の阿蘇の草芳し

健軍行き

根の国へ最終市電春灯

昧爽《まいさう》の虹なり昏く大いなる

熊本高校

男子校の希少女子たり花ユッカ

藤崎台

樟若葉樹勢轟くばかりにて

大木の枝も大木蚊喰鳥

引力をすこし恃みて羽化の蟬

下江津

あぢさしの宙に止まるとき真白

布袋草吹き溜まりつつ花ふやす

引き揚げし刈り藻の嵩もひと日経し

上江津

桑の実に唇染めしまま螢狩

螢火を呉れたるのみの縁にて

螢のみ待つふるさととなりにけり

健軍商店街夜市 九日・十九日・二十九日

九の市の夏の灯火こそ幽か

洗ひ張りなどしてゐる母よ何時の夏

小さき虹つぎつぎ創り車輪過ぐ

君へ吹く海酸漿の難しく
鬼灯を裂く過ちの初めかな

終着駅前の廃港天高し

秋風のもの言ふ樟に会ひにゆく

梟に梟かへりくる夜か
ゐずなりし梟のこと追伸に

その奥に梟のゐる鏡欲し

冬がすみ青みがかるは何か焚く

父の世の黒きひとつの輝薬

母の世の別珍足袋の赤深し

柚子袋揉み拉《しだ》きたる母なりし

松を積む辺りや山気年の市

軍帽を捨てそびれては年逝かす

出来たてのやはらかき島初日さす

父母亡くてもうどこまでも寒の晴

寒星は瞬き惑星は瞠けり

天つ水

聞こゆるは川の音はた鵜の寝言

慣れざるも慣るるも荒鵜あはれなり

天つ水仰ぎて待てば虹も水

マンゴーの芽をいぶかしみ蟇

明眸の駝鳥なれども羽抜鳥

蠍出し騒ぎはるかに道埃

唸り来る筋肉質の鬼やんま

黒雲の底の毛羽立つ厄日なり

鬼あざみ山盛りの絮吹きにけり

秋蝶へ文書くによき樺の樹皮

安達が原ゆけば身につく草の種

豆叩く音や行きにも帰りにも

へんくつなばあさんになろゐのこづち

内側も蔦詰まりたる蔦の家

たたら踏む鴉のこころ秋の風

ひよどりの舌見するまで近く棲む

こんな日はとにかく眠る鴨のころ

裏年の柿のかたまる一枝かな

日常

草刈つてかなしむ雲雀揚げにけり

つかみたる雛《ひよこ》に芯のありて春

ふたつ燕ねむる巣作り半ばの夜

月日星月星日とてさへづれる

闇の粒子か時の粒子か朧にて
春愁の果てよりこころ呼びもどす

竹皮を脱ぎそびれたる高さかな

ゆふぐれを海芋の白き舳先ゆく

インク壜の中のさざなみ夏至白夜

ときをりは直幹を攀づ夏の蝶

われもまた後ろ盾なき涼しさに

光合成止めて寝につく熱帯夜

あるはずの虹を探せば欠片あり

どの草のひかりと知れず昼寝覚

のびあがる雀や柿の青実照り

かはほりを残像が追ひゐたりけり

耕衣・閒石・龍太のはがき夜の秋

白樺峠

なんといふ高さを鷹の渡ること

青空の青の極みへ鷹柱

行く鷹のただ行く空のただ青く

双肩に太陽熱く鷹渡る

鷹渡るつばさの上も下も空

渡りゆく鷹高ければ静かな空

見上げゐる吾をいぶかしみ鷹渡る

幼鳥は左《と》見《み》右《かう》見《み》して渡り鳥

虹彩の黄の見ゆるまで鷹近し

帰燕ことに針尾の速さ仰ぎたる

こはれさうにこはれず浅黄斑蝶《あさぎまだら》とぶ

見えずなれば存せぬごとく鷹渡る

乾坤の一切となり鷹去れり

鷹渡りつくせし夜の山の音

無量

雲はまだ嵐名残に十三夜

旅に買ふ刃物おそろし紅葉谷

太刀は太刀魚秋刀魚は刀さながらに

しぐれてはは虹かかりたる翁の忌

冬の鵜のあはれ羽干す日和かな

朴落葉裏しろがねに水弾く

雪の夜の背にマグマある深眠り

この星のはらわたは鉄冬あたたか

年の湯の浮力六腑に及びたる

荒玉の年のはじめの玉鋼

寒月も出でよ刃文の山なみに
ふふみたることはなけれど寒の星

冬蝶の執する杭に謎もなし

ともかくも先づ微笑んで今朝の春

よきものに猫のためいき雪催

いつもそこに坂道があり雪が降り

降る雪の無量のひとつひとつ見ゆ

あとがき

『羽羽』は、『水晶体』『悠HARUKA』『静かな水』『夏至』に続く第五句集です。平成二十一年から二十七年までの発表句から、およそ半分の約三百句を収めました。

『静かな水』以降、句集に一般的な時系列の並べ方をせず、シャッフルして編集し直す方法を取ってきましたが、東日本大震災の前と後では、社会も自分も大きく変わったため、震災や原発事故、被災地詠に関しては、記録のためにも、その位置を移動していません。

被災地での俳句は編集の段階でしだいに減り、結局鳥の句ばかりが残りました。

この時期、俳句も文章も、迷いなく口にすることの難しさを常に感じてきました。特に原発事故により十万年ものスパンでものを考えなくてはならなくなったこと、人類の子孫に負の遺産を残してしまうことなど、わが時代の責任を考えると、つい口を噤んでしまいます。句にもそれが表れていて、答の出ない自問自答といった感が否めませんが、ありのままをさらけ出すのみです。

『羽羽』は、「たらちねのははそはのはは母は羽羽」からとりました。深い意味は無く、「母」と音が同じという理由だけで使った言葉であることを白状します。

辞書には大蛇のことと記してありますが、その他にも「羽羽矢」という言葉があるとか、掃き清めるというニュアンスがあるとか、後でさまざまな意味のあることを知りました。しかしこの句集では、単純に大きな翼という意味に使うのが最も相応しい気がします。

毎年、秋の彼岸に鷹の渡りを見に行く習慣はあるものの、格別に鳥好きという意識はなかったのに、編集してみると鳥の句が多くて意外でした。

いつ見ても素晴らしい白樺峠の鷹。熊本城のある藤崎台の七本の樟の木群（樹齢五百年から千年！）にしばらく棲んでいた梟。南相馬への道を先導するように飛んでくれた白鳥の群。生家に近い江津湖の青鷺。わが家に近い大宮氷川参道に巣を作った雀鷹。羽羽は彼らの大きな翼そのもののようにも思われ、題名としました。

今回も春秋社のお世話になりました。句集では三冊目、文章の本も入れると、春秋社から出る七冊目の本になります。

ここまで書いたところで、四月十四日、熊本で大きな地震が起こりました。阿蘇神社はつぶれ、熊本城は石垣が崩れ、多くの家が全半壊し、山崩れが起き、いまだに余震が続いています。

混乱は進行中であり、今はまだ何も語ることはできませんが、眠れない夜に阿蘇のことを考えていて、阿蘇の「蘇」は「蘇る」の蘇であることに気づきました。大自然はこれまでもこうして動き続け、蘇り、蘇りしてきたのでしょう。

このような中で、句集を読んでくださったすべての方に感謝を捧げます。

平成二十八年春

正木ゆう子

正木ゆう子　本名　笠原ゆう子

昭和二十七年（一九五二年）、熊本市生まれ。お茶の水女子大学卒業
昭和四十八年　能村登四郎に師事
昭和六十一年　句集『水晶体』（私家版）
平成五年　兄・正木浩一の遺句集『正木浩一句集』（深夜叢書社）を編集刊行
平成六年　句集『悠 HARUKA』（富士見書房）
平成十一年　俳論集『起きて、立って、服を着ること』（深夜叢書社）
平成十二年　同俳論集により第十四回俳人協会評論賞受賞
平成十四年　『現代秀句』（春秋社）
句集『静かな水』（春秋社）
平成十五年　『静かな水』により第五十三回芸術選奨文部科学大臣賞受賞
平成二十一年　句集『夏至』（春秋社）
『十七音の履歴書』、『ゆうきりんりん』、『一句悠々』（春秋社）
平成二十八年　句集『羽羽』（春秋社）
平成二十九年　『羽羽』により第五十一回蛇笏賞受賞
平成三十年　『猫のためいき鵜の寝言　十七音の内と外』（春秋社）
令和元年　紫綬褒章受賞
読売俳壇選者　熊本日日新聞俳壇選者　南日本新聞俳壇選者

羽《は》羽《は》　正木ゆう子句集

二〇一六年九月二十三日初版第一刷発行
二〇二〇年九月二十六日　第三刷発行

著者　正木ゆう子
発行者　神田　明
発行所　株式会社　春秋社
東京都千代田区外神田二—一八—六　郵便番号一〇一—〇〇二一
電話（〇三）三二五五—九六一一（営業）、三二五五—九六一四（編集）
振替〇〇一八〇—六—二四八六一
印刷所　萩原印刷株式会社

ISBN978-4-393-43447-5
https://www.shunjusha.co.jp/
定価はカバー等に表示してあります

正木ゆう子の句集◆春秋社刊

静かな水 *tranquil water* 十七文字の宇宙に永遠が見える

〈水の地球すこしはなれて春の月〉――言葉の煌めきに充ちた第三句集。様々な角度から照射された万華鏡のような世界が広がる、第五十三回芸術選奨文部科学大臣賞受賞の記念碑的作品。

二〇〇〇円

夏至 *the summer solstice* 半年後、私たちは太陽の向こう側にいる

〈進化してさびしき体泳ぐなり〉――確かな眼差しとあふれる情熱を結晶化した第四句集。ただならぬ「恋」の豊饒と、太古を見すえ、未来に耳をすました静謐とが響き合う魅惑の一冊。

二〇〇〇円

価格は税抜価格